句集

急磴《きゅうとう》

奈良文夫
Fumio Nara

ウエップ

句集　急磴／目次

Ⅰ　氷瀑　平成二十二年　5
Ⅱ　激震　平成二十三年　35
Ⅲ　初蛙　平成二十四年　57
Ⅳ　砂鏡　平成二十五年　81
Ⅴ　見舞妻　平成二十六年　141
Ⅵ　冬薔薇　平成二十七年　173
あとがき　214

装幀・近野裕一

句集

急磴

きゅうとう

Ⅰ 氷瀑

平成二十二年

〔五十六句〕

凍雪を踏む音枡目へ文字埋む

軒氷柱折つて山の日零しけり

氷瀑をしばらく雨の叩きけり

その芯に蒼々と水結氷湖

氷瀑の端崩れては水吐けり

山の陽の氷湖染めつつ昇りけり

薄氷を押す白鳥の厚き胸

包み紙しつとり彼岸の酒饅頭

甥の忌やしづりて窓の雪けむり

浅春の墓碑逆縁の顔映す

妻も来て蹰むや何の芽かしらん

馬鹿は死ななきあなどと呟き春炬燵

初音聞くためのベンチへ坐りけり

この巣箱ナンバーセブン楢林

裏道にのこるふるさと諸葛菜

微醺の歩母校へ延ばし花曇

初ざくら鍬が土切るよき音に

蝌蚪の紐夕風をよびたゆたへる

川挟み耕人声を投げ合へる

雲雀追ひ目を太陽に射られけり

その前を花さざなみの戦災碑

鯉のぼり跳ねつつ月より下ろさるる

母の日や杭の鵜へ潮満ちてくる

観察小屋トーチカめくよ行々子

夕干潟鴫が嘴ねぢ込むる

掘り上げし玉葱瀬戸の夕日いろ

民宿の長押より抜く渋団扇

子らはみな都会へぐわんと島の雷

歩道橋で夕立雲に追ひつかる

風呼んで綿菅は野を展きゆく

ふるさとの夜気を称へて夏料理

熱帯夜眠りて夢にまた彼奴

夏負けの顔を剃らむと蒸しタオル

蟻地獄小蟻どうやら脱出す

政争に昏れて厄日の赤き星

小石など載せられてをり猿茸

諏訪三輪神社

片陰を曳かれて小宮の御柱

炎天や里曳きに土抉らるる

端乗りの御幣《おんべ》や秋の雲払ふ

九・一一いま牙の芽の曼珠沙華

落鮎を釣る轟音の鉄橋下

民宿のシーツ秋灯へ展げけり

言ひ訳はつくづく法師に言はせおく

時折は雲を出る月祀りけり

秋の蛇ひとに囲まれ怯えし眼

穴に入りし蛇をわいわい覗きけり

外されし梯子いづこや雲は秋

着衣の胸合はせやるごと菰着せる

野ざらしの夕顔蹴れば種子こぼる

枯れ朽ちて土器の欠片の実夕顔

鳥威す鷲の擬声の林檎園

トロ箱よりのぞく奇魚の目十二月

はね除けし鰺へ殺到冬かもめ

三時の陽武甲に入れて年の市

数へ日の夕日引きずる大蚯蚓

炬燵寝や過ぐればあれもこれも些事

Ⅱ 激震

平成二十三年

〔三十八句〕

殿りに蹤いて牛歩の初詣

耀り札を跳ね上げ箱の大鮃

吉田百子逝く

友逝けり打つて詮なき豆打てり

店先の凍雪スコップはね返す

風哭くや囲炉裏へ刺して竹徳利

薄氷に夕日が揺れて義妹の忌

袋蜘蛛つつかれ太鼓落としけり

三・一一

激震や余寒の柱抱いてをり

津波禍へ雪赤腹の転覆船

防災放送辛夷は殻を落しけり

翌朝

紙面より津波の絶叫冴返る

じめじめと寒気や停電下の余震

亀鳴くやおろおろ探す落し物

風押して入学式の金釦

子燕の糞りて受け板鳴らしけり

母の忌やなほも余震の夕桜

モノレール軋み高枝に蛇の衣

古城址やいつまでもこのめまとひ奴《め》

歓声を呑んで鳴門の渦育つ

一の箸妻にすすめて桜鯛

被災記事泛き出て枇杷の掛け袋

土用芽を薙ぐ腰だめの草刈機

沖縄忌カウボーイハットの蓮巻葉

擬死のかなぶん放ればぱつと飛び立てり

琉金のゆらりと糞りしもの曳ける

原発へ先づ触れ長崎忌の市長

合流して揉み合ふ瀬波送り盆

採り忘れの南瓜や夕日はね返す

莢離れ悪しき枝豆地震がまた

河原湯へゴンドラ紅葉散らし着く

皂莢子の莢を逆手に歩きくる

稲雀発たせてきんきら霊柩車

葬華の脚刈田の端へ突き立つる

葬送るぽこぽこ大根抜きし穴

仰がれて岩本楼の松手入

開戦日の夕富士黒衣の裾曳ける

冬至湯の子へ鬼柚子を放り込む

取り消しの朱線もありて古暦

Ⅲ 初蛙

平成二十四年

〔六十四句〕

ビル街の底初売りの声跳ぬる

動く歩道の妻と併走初旅へ

冬濤へ小流れ妻にも跳べるほど

愛犬へ操舵の手をあげ初漁へ

波の手をあはやと躱し夕千鳥

揚舟の底へ日をよび若布刈鎌

子の白息吸ひ込んでゐるインターホン

逆剃りに顎突き出すや涅槃西風

子と坐すや竹の子われもわれもかな

水戸鳥獣保護園

病舎歴十年余寒の大白鳥

穴出でし蟻の逃げ足早きこと

倒れ墓碑余寒の雨に叩かる

渡良瀬や放射線禍の葦芽組む

後続が追ひ付き始動の花筏

防火水槽四肢伸して浮く蟇

母の忌や八つ《やつ》岳の長裾暮れなづむ

御代田

慈悲心鳥師の泉いま雨の中

初蛙小石が光る雨後の畑

巣作りの燕や壁に泥一点
遠景に楾《ずみ》の白妙牛吼ゆる

憲法記念日なほどしや降りのまま暮るる

落実梅怒り忘れし振り通す

出口よりこの世の涼風松代壕
黴びる壕の狂気をいまに改憲論

渡良瀬

引き寄せて桑の実昭和の実を摘める

廃村碑桑の実踏まぬやう歩く

痩せ竹の皮脱いでをり鉱毒史

浮いてきてしばらく蝌蚪の立ち泳ぎ

かはほりにはたかれ月の色づける

古墳より風来て黝き蟬の穴

古墳頂天日がただ灼くばかり

夏つばめ野を擦り古墳擦り上ぐる

山の日やことに栗毛の背の灼くる

鱒釣りの一家や母が先づ釣れる

困民党碑裏にわらわら袋蜘蛛

栗の花武甲へ谺の猿威し

雀の担桶付けて捨て鉢捨て畑

炎天より老人探しの声撒かる

向日葵の立ち腹めいてがくと首

地を叩き草を叩いて捕虫網

灯籠を抱いて夕日の土手下る

雲の峰夜も育てて茶臼岳

投げ釣の糸が風切り明易し

茄子キャベツ鉄板焼へ鷲掴み

わるい奴わるい奴等と法師蟬

木道を呑み込み風の芒原

分け入りて芒野うしろ閉ざさるる
立泳ぎめいて芒の中の父子

高枝の野猿や秋を揺さぶれる

裾曳ける赤城や小揺れの真弓の実

木道を鳴らして湖の初時雨

山ぶだう雨滴はじいて馬の尻

紅葉濃く映ゆる山湖やセシュウム禍

見てる間に三匹目が釣れ下り鮎

民宿の炬燵や声あげもぐり込む

群鴨の着水山湖ひびかする

自衛隊車唐松落葉巻き上ぐる

山頂駅一団霧へ泳ぎ出す

積み上げて沈まんばかり蓮根舟

蓮根舟押しつつなほも足探り

老犬に鴉威しを鳴らす北風

風の落葉掃けば死票めいて飛ぶ

出窓より鋸出て冬枝挽き落す
年忘れ妻の艶歌のなかなかに

Ⅳ 砂鏡

平成二十五年

〔九十五句〕

獅子頭筵に据ゑて寄せ太鼓

延命拒否の意思書へ署名筆はじめ

雪まろげ声ころがして兄妹

躱されて塀へ四散の雪礫

雪折の赤き実ひとつ付けしまま

恋猫奴《め》もう鳴き出して路地の奥

サンドバック打ちをりバレンタインの日

野に浮かぶサッカードーム鳥帰る

尻餅をついてごめんよいぬふぐり

岩間抜け両手拡げて雪解川

春疾風笑ひ転げてポリバケツ

春星や金婚自祝の寿司届く

初つばめ一閃寝釈迦山の上

鳶の輪を載せて岬の山笑ふ

鳴声を波に落して揚雲雀

サーファーを跳ね上げ遅日の白き波

引く波に曳かれて若布の切れ端

子と犬の駆けて遅日の砂鏡

原発など忘れたき徒や紫木蓮

乗込みの騒立つ水へ駆け下りる

トタン屋根擦つて鳴らして恋雀

春まつり子雲生みつぐ昼花火

またも地震蛍烏賊の目嚙みつぶす

出漁へ積み込む砕氷風光る

船槽より持ち上ぐひかりの鱵桶

着岸の大渦春の日を廻す

妻と来てむかしの岩に春惜しむ

常陸野やいま田起しの土埃

憲法記念日紙面罵倒の一酔漢

子供の日揉まれ歩きの中華街

ビール載せ子より廻り来中華卓

仰がれて巨船や首夏の陽をはじく

高々と巣箱を載せて港の樹

水棹舟いま涼風と橋くぐる

鯉のぼりの影突いてゆく水馴れ棹

中空へ鯵刺不首尾の白曳ける

ざるそばの海苔吹き飛ばす若葉風

雀の子墜ちてほたほた土埃

草分けて雉の疾走捨て畑

改札をつばめと抜けて旧道へ

駅前食堂結願自祝の生ビール

敬老席南風が滑らす紙コップ

水戸

地震禍の地踏めば実梅のめり込む

殉難墓碑に地震禍の亀裂椎の花

義父母の墓

金婚のわれら映して南風の墓碑

よくぞ生きしと墓碑よりの声梅雨の蝶

蝌蚪の水踊めば影も飛び散れる

蟻地獄崩して巨犬の荒き息

鰺干すや海抜一米の路地

灼け擬宝珠あつちち木橋駆け抜くる

アイスキャンデー喜寿の奥歯に沁むるなり

稿渋るつぶせば点々羽蟻の屍

凌霄花空に咲かせて野の一戸

巨樹攀ぢし蔓あぢさゐに碧き空

鹿除け網巻かれ夏木の幼な幹

蛇の尾へ子の追ひ討ちの石礫

塾へ漕ぐ自転車大夕焼へ漕ぐ

炎天へ楽洩らしつつ渋滞車

苧殻折りマッチ擦る音路地の奥
送り火や消え切るまでの膝小僧

終戦記念日正座一分ならできる

うたた寝の汗の背畳より剝がす

声あげて戸を閉ててゐる夜の喜雨

新涼やえいえいと押す空気入

近隣に竜巻あり

竜巻禍の炎天へらへら剝がれ屋根

竜巻禍地へ散乱の灼け瓦

日焼の手小若を山車へ押し上ぐる

起こされて顔のぞかるる捨案山子

さて何に使おう敬老祝金

弟の墓とんぼに胸をつつかる

爽風と抜けて吾が街すぐ尽くる

秋夕焼なほ力漕の黝き影

秋燕の飛び込み湖の宿沸かす

秋水を裂いて湖芯へ黄のカヌー

神棚の下民宿の蒲団敷く

逃げ足の熊笹蹴つて鹿親子

空稲架の叉銃連ねて峡の村

吹き返す台風地を擦るダンボール

あざみの絮追つて電動車椅子

海峡や夜寒の灯を曳く警備艇

海峡クルーズ秋日に照らふ長州砲

関門海峡五分で渡り鰯雲

安田講堂いま冬天に時刻む

宰相の大嘘鵯のよく鳴く日

猫抱いて妻の吐息の雪蛍

大根おろす背が昏れてきて厨妻

一人は冬日仰いで震災児童像

テレビより枯葉踏む音開戦日

返り花戦災巨碑の影の中

田老

冬ざれの崖高々と津波痕

枯草に津波到達点の碑《いし》

鮭干せる一戸や軒に津波痕

仮設住宅早や寒灯の二つ三つ

宮古

津波痕二階に市庁舎冴返る

津波禍依然月命日の冬の月

V

見舞妻

平成二十六年

〔六十句〕

気付けば病床二日の白き壁

箸そして鉛筆持てて寒の晴

初夢の母が蛇の頭踏みつぶし

髭剃つてもらひ七日の初鏡

午後三時おお寒小寒と見舞妻

スキー焼の娘に病床を見舞はるる

歩行器へよいしよと起てり春一番

わが尿瓶チロチロ春を奏でけり

病廊を春連れ妻の靴の音

けふ孫の入試よ春暁の青き灯よ

雲ひとつなく昏れ三・一一忌

三郷のリハビリセンターへ

転院の日や三月の雪の富士

あの世すこし見てきしおもひ桜餅

試歩の杖余花の一樹へ立て掛くる

掌にふるさとを載せ蓬餅

胸に飛花ナースに押さるる車椅子

犬ふぐり翳るや寄り来る妻の影

母の忌の病窓早も白みけり

明日退院雨に洗はれ四月逝く

退院の一歩や夏めく地に載する

わが家よし生きて帰りて明易し

母の日の妻に浴身拭はるる

ばら垣や妻従へて試歩の杖

泣き虫なりし妹に見舞はる桐の花

金魚鉢の向う男の子の大きな目

寝る胸に置く手や遠くを雷渡る

友の車で大吉遊水池へ

雲雀墜ちし辺りへ駆けて男の子

鈴懸のとげの実いのち拾ひけり

福祉村へ
ジョギングロード呑み黝々と蟬の森

湖畔ロード灼けし背中に追ひ越さる

空蟬を胸にすがらせ帰りけり

視野に妻在りて夕日のさるすべり

落蟬をつつけば三メートルは飛び

声あげて妻が厨に南瓜割る

梅雨の雷子規もかくやの枕元

自動ドアに背を閉ざされて炎天へ

匙持てばむかしの二人掻氷

病臥の分取り戻せよと鵙猛る

水澄むや影も微塵の稚魚の群

一塊の雲退き城址の秋晴るる

血圧計ぶしゅぶしゅ圧され鵙の晴

下着一枚着足すや刻々台風来

ぶだう食む賜しいのちの粒を食む

妙義山、高校の友と

天へゆく道が一筋紅葉山

急磴に山祠仰げば鶫鳴ける

蒟蒻畑霜枯れの茎へなへなに

影伴れて流るる一葉冬の水

冬の泉幽かに鳴れば踻みけり

飛び立つて石より生れて蜆蝶

三十三才声追ひ影追ふ池の端

種無しぶだうに種ありジョーカー引きしかに

第三の人生と決め木の実踏む

こいつより先には死ねぬ根深汁

風圧に押し開くドア十二月

死ねば名に付さるる傍線雪催

来る年を約してをりぬ試歩同士

数へ日の昏れて幽かに雨の音

沈めては放つや跳ねて香る柚子

灯を消して寝屋のうす闇餅筵

なほ悪夢のごときこの年送りけり

Ⅵ

冬薔薇

平成二十七年

〔七十六句〕

初乗りの介護車先づは杖乗する

青空へばら撒かれしごと榠樝の実

探梅へ妻先立てて試歩の杖

藪巻をとび出て悪戯つ児の一枝

試歩伸ばし来て早咲きの梅の下

よき貌をして紅梅を仰ぎをり

バレンタインデー生きて踏むなり己が影

白煙を曳くかの綿菓子梅まつり

雛の夜や鍵の音して妻帰る

蓬餅なほペン胼胝ののこる指

拾ひ来し梅が枝昏れて匂ひけり

声が先づ弾け梅見の老人会

捨て土の山や瓦礫とつくしんぼ

寝返りを打ち春眠へ沈み込む

うつらうつらと朝寝まだまだ死ねぬなり

杖胼胝にかすかな疼き牡丹の芽

花舞はせゆく特急の赤き帯

歩道橋花へ一段づつ登る

竹の子の音立つるかに土割れる

学帽の写真出て来て夕桜

湯浴みの胸つつくよ菖蒲の紅き唇

花冷や自信過剰の二重顎

ジャンプ一番男の子や柳絮捕へたり

平将門の墓

胴塚をがつきと榧の根青嵐

萬緑や刻印のごと磴踏める

蔓ばらのゆらゆらこの路地通せんぼ

採血へさぐらる静脈君子蘭

読書の背柱にあづけ昼蛙

日雷大嘘休み休み言へ

震度五などどこ吹く風の夏衣

湯河原のクラス会へ

髭剃れる鏡中若葉の向う山

傘寿健啖灯へてらてらと夏料理

弓袋帆柱と立て夏野行く

梅雨晴の鉄橋家郷へ響きけり

泰山木の大盃快気祝はるる

水中花へ水足してゐる妻の背

瀬へ伸ばす釣竿梅雨の蝶発たす

川中へ曳かれ瀬を跳ぶ囮鮎

甲斐の桃啜りふるさと啜りけり
吾を生んでくれし日なんと暑きかな

テレビまた黙禱みんみん鳴き始む

夕闇にぽと点く妻の土用灸

けふ二度目の地震や原爆忌の昏るる
てのひらに夜のあつまる黒ぶだう

赤のまま犬連れに道譲らるる

古き文に気負ひもすこし衣被

台風禍へ追討ちどしんと朝の地震

栗剝くやその栗色の子の手足

上野原

轟音を落しゆく貨車下り鮎

鮎落つる遠ちに若き日の病窓

かぶりつく串鮎卵零しけり

ぞろぞろと蹤かれうろうろ穴惑

初紅葉網被て落石除けの崖

蔓引いて諸の赫顔を掘り出せる

草紅葉一声あつて追ひ越さる
欠席へまた丸鶫のよく鳴ける

妻の靴なんと小さし吾亦紅

胸赤くなるまでこすり朝の鵙

牛久

高々と大仏の空鳥渡る

ペン持てるだけで御の字石蕗の花

眠る前の一章秋灯引き寄する

妻の箒風の落葉を追ひかくる

何もかも無視されほたと落熟柿

路地押してくる北風と電車音

逝きて一年ぼろも出てきて枇杷の花

日向ぼこめく喫煙の一屯ろ

円陣を解いて白息吹き上ぐる

路地行くや頭上で蒲団叩かるる

スタートを待つ足踏みの枯芝生

やうやくに空車の赤灯暮れ早し

長生きも勝負のひとつ冬薔薇

寄つて来て顎くすぐれる冬至柚子

書架の奥へ逃げ込む綿ごみ十二月

煤逃げの顔さりさりと剃られけり

放り投げしごとき雲塊去年今年

洗車の水一筋流れ来除夜の道

あとがき

本句集は『芯の紅』に次ぐ第六句集で、平成二十二年から二十七年までの三百八十九句を収めた。この間、二十五年には喜寿金婚と若い頃には思いもかけなかった年を迎え、娘夫婦と孫等に祝ってもらった。しかし、好事魔多しの通り、その年の暮れ急な頭痛に襲われ、小脳の手術で半年の入院生活を余儀なくされた。幸い退院後痛みもなく作句・執筆もできリハビリに努めている。ともあれ従来とちがい行動範囲もぐんと狭くなった。友の車で公園や城址などへ行くほか普段は家の近くを歩いている。遠くへ行けなくなった分、身近なものに目を向けこころを寄せて作句するようになった。おかげで時間を持て余すようなこともなく、改めて俳句にかかわってきたことをありがたく思っている。

学生時代に入会し師事してきた中村草田男の「萬緑」も来年三月で終刊する。その半年前にこの句集を萬緑作家のままで上梓できることにその機縁に感謝している。

本句集の上梓にあたりウエップ俳句通信の大崎紀夫氏には一方ならぬお世話になった。改めてお礼申し上げる。

平成二十八年六月

奈良文夫

著者略歴

奈良文夫（なら・ふみお）

1936年（昭和11年）　山梨県に生まれる

1959年（昭和34年）　「萬緑」入会　また「早稲田俳句研究会」にも入会

1973年（昭和48年）　萬緑新人賞　同60年萬緑賞受賞

2008年（平成20年）　「樹頭の花」選者を経て現在萬緑運営委員長

公益社団法人俳人協会監事

句集　『鼓動音』『直進』『望外』『遡上』『芯の紅』『自註奈良文夫集』

現住所＝〒343－0032　埼玉県越谷市袋山1887
電　話＝048－974－6525

句集　急　磴

2016年7月20日　第1刷発行

著　者　奈良文夫
発行者　池田友之
発行所　株式会社　ウエップ
〒160-0022　東京都新宿区新宿1-24-1-909
電話　03-5368-1870　郵便振替　00140-7-544128
印　刷　モリモト印刷株式会社

※定価はカバーに表示してあります　　ISBN978-4-86608-024-6